一本满足

独一无二的每一天

云和——绘/著

江苏凤凰文艺出版社
JIANGSU PHOENIX LITERATURE AND ART PUBLISHING, LTD

目录

Part 1

春

Part 2

夏

Part 3

秋

尾言

冬

一本满足

序

2014年的秋天，深圳还很热，满街白晃晃的大腿闪得我眼疼，他们行色匆匆地从我身旁走过，我想他们应该也把日子过得像会发光一样吧。而我正经历着目前人生中最美好又最黑暗的时期：

我辞职了，因为种种原因。

从此我的名字不再是打卡签到时的一声“BIU~”，也不再是工资条上折起遮住的那个角了。取回了名字，失去了工作，回归自己的生活，跟千寻似的。离开神隐之地的千寻也许会同我一样偶尔怀念起这段时光吧。

上班的时候虽然不时对工作会有些许抱怨，但毕竟已经习惯了朝九晚五的生活节奏，突然过上这种形神俱散的日子令我有点无所适从。当然，最初那几天是极其受用：大段大段的空白时间用早中晚餐紧密地连接在了一起；住处附近的大小商家又重新和我建立了良好的关系；日剧，韩剧，美剧，港剧，等等都排队等着被翻牌子……总之，正当我感觉自己生生拉高了深圳地区的幸福指数好几个百分点的时候，突然有一天，中了被窝囚禁术的我听到了墙上时钟的滴答声，就是那种很普通，很普通的滴答声：

"滴–嗒–"

"滴–嗒–"

"滴–嗒–"

这大概是我第一次感受到时间切切实实地流淌着，夹带着自己为数不多的青春，片刻不停地流淌着。

我将在被窝里安安静静地老去，或许还会安安静静地死去，这一切居然只有床知道。顿时我就对这种生活方式产生了恐惧，进而开始反省：虽然我的日子过得平凡中透出股二气，但还是至少让我做我生活的见证人吧。

这时起我开始用图画加文字的方式记录我当下的生活状态和日常琐事。后来听他们说这叫手账。

我不是毅力超人，从不要求自己每日记录，也经常提笔忘字，令自己哭笑不得。我不是画家，亦不是写手。所以我无需要求自己如何写，如何画，令它如何精美，讨人喜欢。只是记录下自己当时所想所感，或者那时觉得很有意思的事物罢了。

回看这些记录的时候经常感叹“原来当时的自己是这样想的，真二”，“那天原来发生了这样的事，我怎么忘了”。

是啊，忘了，都忘了，我怎么都忘了？

看《小王子》的动画时，飞行员说：“问题并不在于长大，而在于遗忘。”而我们是多么善于遗忘。被遗忘的时光碎片里分明有着一个个“我”存在着的切实证据，当别人不再记得，甚至于自己都不再记得的时候……我不敢往下深想，毕竟这么年轻就成为哲学家不大好。

于是我把我的时光流转封印在了本子里，把即使老了也不愿意遗忘的事封印在了本子里。

轻轻翻开，封印解除。

春

写生。

一直害怕写生，因为画得不像便会被一眼看穿。但最近突然感悟到其实写生并不是要「像」。而是真实记录当时所「感」。

一月二十日

你眼中的世界比什么都重要。
站在画架前，

一月二十一日

高跟鞋。

这又是一个我不了解的世界。但是我欣赏姑娘们蹬着细脚高跟鞋扭着腰的美丽模样。那就是奔向爱情的模样。

一月 二十四日

鱼市。

不知从何时起，
开始害怕去鱼
市买鱼。
看着鱼贩将鱼
摔死，开膛破肚，
去鳞挖腮，
你得知道如有来
世它必如此待你。

一月 二十五日

灯泡。

其实现在已经很少有机会看到赤裸裸的灯泡了。在精致的玻璃罩里发光的金属丝，现代人不懂这种浪漫啦。不过享受的代价就是会被骂浪费钱。浪漫自古就浪费。

一月二十六日

电视。

打开电视并不是为了看节目，而是为了那吵吵闹闹的人味儿。

一月 二十七日

等待。

等个人、
等班车、
等一通电话、
……
无非是想
告诉别人：
“呐，我在这
里哟，想你啦。”

折香

时候。
应该是它最美的
折了一支不知名的花。
一月 二十八日

星空。

的油画颜料呢？·嗯？
不混色。何不去做傲娇
脾气：坚决不扩散、打死
感想就是既然你这样的有
用剩下的国温刷了这张，

一月 二十九日

二月一日

电话与孤独。

最近额娘频繁地给我打电话。一问也没啥事。她大约也就是孤独。子女不在身旁，没有老伴，朋友们忙着带孙子……忙活完手中的事儿静下来，便会觉得孤独如毒，毒刺骨。抓起电话这根救命稻草就不撒手了。

二月 二日

小鸡。

传说中的小鸡啄米图。小时候缠着家人买过几只，每天放学都赶着回去看小家伙们。其中一只被我不小心踏到，挂了。爱≠不伤害

二月三日

番茄与蛋。

自从小学半抄半编的写了番茄炒蛋的作文以后，番茄和鸡蛋就成了我心中的固定搭配。

番茄炒蛋，番茄蛋花汤。番茄炒蛋，番茄蛋花汤。循环往复。

早知道当初写《番茄与满汉全席》就好了。

二月四日 至二月五日

行李。

收拾行李从来都不是一件轻松的事儿。过程充满了判断与取舍。

对于选择困难的人群来讲，出一趟门会去了半条命吧，各种意义上的。

紫藤。

这种花常年听额娘提起，并不曾亲眼见过。若有机会同家人一同看看这花如雨如瀑的盛景，想必是极好的。

二月 六日

二月九日

困局。

宁静的生活过久了，人们便开始对你的一成不变的样子诸多不满。

似乎种种不够完满便是由于你的安于现状造成的。

怪我咯。

二月十日至十三日

提起笔不知该怎样
描述这几天的生活。
依然除了画还是
画。但是心情像
是在赎罪。

因为多年前
曾同画画
私定终身，
却没做到时
时守望。

现在它对我的惩
罚便是无论怎么
画都不会快乐。

二月 十四日

情人节。

说情人是用
彼此最脆弱
的地方摩擦
取暖的人。
有时候也想
撕烂那张说过
太多甜言蜜语
的嘴。
希望除了时间，
谁都不会带走
你。

猫。

二月十五日
至
二月十七日

这只猫是摘自一本国外绘本，
原图是水彩？原图是彩铅。
画時明明感觉抓到了什么，
又好像什么也没抓住。

二月　二十日

风景。

很长时间我都对风景画毫不感冒。原因有二：一、画再好不过大自然；二、没画过，没底。

最近一画却停不下来。我想这是本性里的某些东西做祟，就想沉溺山水间，避世，不多言。

二月　二十一日

牵牛花。

这种看似毫
无骨气的，
居然还是一
味药材。

骨气这种
东西，还是留
在骨子里就
好。任枝条如
何柔软妙曼，
会有人知道你
是朵好花。

二月二十四日

香水。

我不是个懂香水的人。更多时候闻到还会觉得太闷。这次过年经几次辗转，得了这支并不讨厌的。原来一片花海是这个味道。

三月　二日

育苗箱。

二月的时候突发奇想种点花草。
买了点种子和这个育苗箱。
一周过去没一点动静，
不管它，每天浇水。
然后有一天它就如上图了。
所以有的事去做就好，
你知道那颗小小的种子
在那里，一直。

三月 三日

气球。

至今在逛街的时候，遇到卖气球的小贩，仍会一手捂着心口，一手捂着钱包。

看到就想买。

就想买……

买！

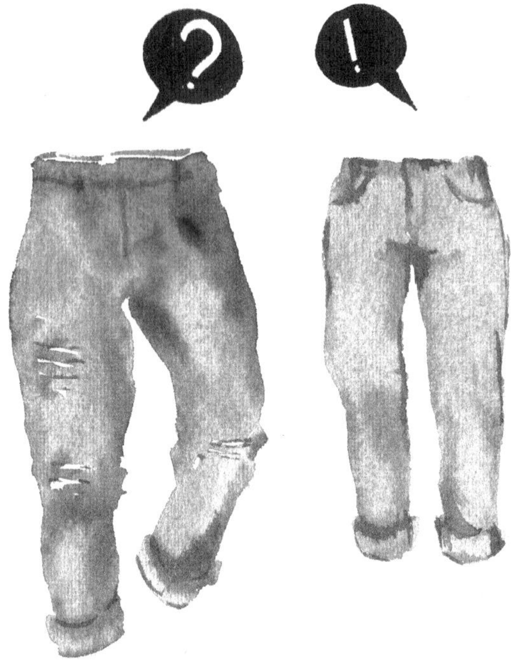

三月 四日

少条裤子与争吵。

我想男人女人确实一
个来自金星一个来
自火星。
你确实觉得天
转凉了自己少条裤
子。
他也真的认为你满
满的衣柜里不可能
还缺任何衣物包括裤
子。
诸如此类的争吵硬是
让两个不同星球的人
建立了沟通。

元宵。

三月 五日

该是个一家团圆的日子。但也有不少人同我一样无法陪在家人身边吧。

偶尔一通电话，不温不火的语气，主题总绕不开注意身体。我很好，您放心。

三月 六日

额娘在医院接受了个胃部的小手术。

来电话报了个平安。

这一直受自己意念驱使的身体，什么时候开始一步步被各种病痛掌握了呢？

病痛。

三月 七日

兰草。

由于最近心态不是很好，所以特别爱画植物。对外界不闻不问，默默生长的样子令我向往。

如果有来生，希望能转生为一棵如如不动的树，只管享用这片刻阳光，二两雨露就好。

三月 八日

读书。

据说比起欧美国家，我大天朝人民的人均纸质图书的阅读量仅为其1/5至1/10。怀着国家兴亡，匹夫有责的情怀，今儿特意去市图书馆办了个读者证。文青指数爆表。也算是为拉近与欧美发达国家的差距做出应有的供献。

三月 九日

咖喱。

咖喱一直都是我非常中意的料理。
鱼丸，鸡肉，土豆，胡萝卜，洋葱，青椒，牛肉……
热热闹闹的来上一锅，心都暖了。

Yakult
Yakult
益力多

三月 十日

益力多。

应该到广东以后，这款饮品就进入了我的生活。几年来每次去超市都会带上几组，已经达到一天不喝就若有所失的地步。干了这瓶先。

义。

没有对比，再大，再好，没意义。

自己定位的。

人是会找不准个参照物，没有们啥都喜欢比一比，

难怪人乐呵完以后发现

喜剧的效果。

一起的反差造成了一种

的如鸡蛋。这俩放在苹果。大的似柚子，小

今儿在超市的水果位前看到一大一小两种

对比。

三月 十一日

画笔。

今天收到了斥巨
资引进的新型作
案工具。
真真真儿是肤白
貌美腰力佳。
希望画出更多，
更美的画儿。
毕竟不便宜。

三月 十二日

小小的卡片，是件幸福的事。
能有机会为远方的友人寄一张
在通讯变得太过便利的今天，
邮寄。
三月 十三日

正衬着拙劣的画技。
过期的纸张也不打紧，
太好的心情。
适合写生，并不需要
又是一个阴天，蓄着雨。

阴天。

三月 十四日

三月 十五日

花卉。

为了画好花，我曾经下过一番功夫。可惜当时方法不对，未见成效。现在回想起来，还好当时没盲目地坚持。方向错了，跑得越卖力离目标越远。

和海鸥聊聊天气。
晴天在岸边休憩，
只在多云的日子里扬帆。
如果我是一只小小的船，
船。

三月 十六日

三月 十七日

猫。

我只是在网上
随便看到这只
猫。
虽然一直喜欢，
但家人一直反对，
他们都觉得我
不会善待这个
小生命。
真觉得自己不
是亲生的。

高高低低，呢呢喃喃。
姑娘的侧颜是有故事的山峦。

侧颜。
三月十八日

三月 十九日

奶糖。

我童年里并没有这款奶糖的回忆。小时候的我不喜欢甜食。所以当有一天这糖大咧咧地出现在已经成年的我的生活里时，只能感叹：该来的，躲不掉。

三月 二十日

香料。

辣椒、花椒、八角、桂皮。是我做菜时常用的几种香料。一点点，滋味大不同。想想古人为了找出这几味香料应当吃了不少苦，拉了不少肚子吧。

樱花。

看日漫长大的一代，不知是
否有人同我一样，每到这时节
就想去看动漫场景里出现的
漫山樱花
反复发作，无药可解。

三月 二十一日
至
三月 二十二日

三月 二十三日

休息日。

懒懒散散的状态持续了一整天。多年来面对这种状态我的解决之道就是：“苗头不对，倒头就睡。”

三月 二十四日

阴郁日。

干啥啥不顺的时候人人都会有。

大多数情况下一觉醒来情形就会好转。

实在不行就在心里挂瓶彩虹吧。

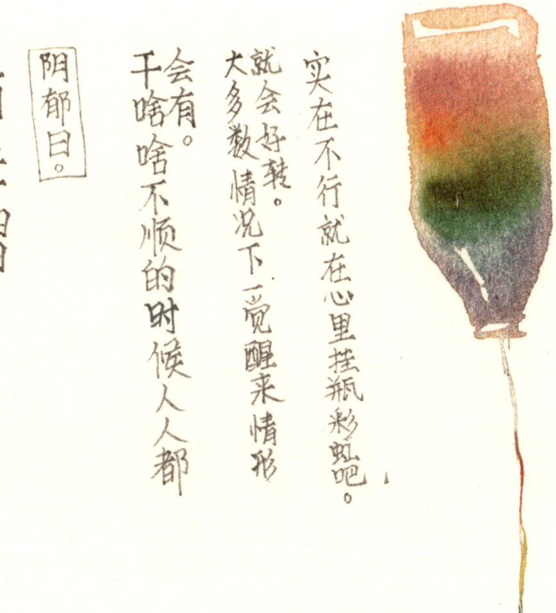

“坑

三月 二十六日

坑。

有的时候，人是坑。
有的时候，事是坑。

太依赖某人时，事事与他商量，往往事后感叹真是猪样的队友，坑人不偿命。

太喜欢某事时，常常会追逐起周边，甚至忘记是喜欢这事儿本身，还是喜欢将它作为个人的谈资。于是不断更新自己的谈资，事也成了坑。

写生。

三月二十九日

至

三月二十八日

也许以后我还会因此交上几个天南地北的朋友。

画的时候也会引起不少人驻足，与你攀谈几句。

美丽的风景令人身心愉悦，手中的画笔望尘莫及。

周末出去写生已经成为最近的惯例。

三月　三十一日

椅子。

所有的家具中，
我最关注的就是
椅子。
必须是内外兼修。
久坐而腰不酸，
久视而目不斜。
这种椅子方可迎进门。
因为我有太多时间将
同它一起度过。

夏

四月二日

梯田。

梯田是人类写在山间的诗。一代代沿着山坡传唱。

四月　三日

大丽菊。

这是偷走别人
骄傲的花。
艳丽又繁复。
都是烂在肚子
里的心事。

四月 四日

人群。

每逢佳节，各个
景点便会充斥着
人群。
在人与人的间隙释放
平时积攒的压力。
盛装的人群也成了
风景。

对我而言也是人生大事。青，感受这个时节的生机个青团，同身边的家人踏扫墓固然重要，但是吃

“时万物皆洁齐而清明，盖时当气清景明，万物皆显，因此得名。”

清明。

四月 五日

四月 六日

低电量。

手机快没电当然是件让人抓狂的事儿。但有时候我也会处于这种低电量状态，灵感枯竭，词藻匮乏……来个220V交流电好伐？

四月 八日

向日葵。

如果没有梵高，
向日葵于我而言
不过是瓜子带包
装。
当然它是很美的
花儿却不会积热到
灼伤你的心脏。

事事一整天，大概吧。
所以并不是无所
嘴很忙，我也很忙。
要的。
零食也是很有必
嘴感觉很忙的
家中常备一些让
棒棒糖。
四月 九日

四月十一日

西餐。

如果说中餐是一家人的欢聚，那西餐就是两个人的浪漫。只需要跟着上菜的节奏把话匣子打开，哪怕平时沟通不多，也能从菜色评价开始互动。吃好，聊好，过好。

万全的准备，并保持期待。

好看。后悔到满地打滚。以后就算可能失望也要做

次去版画村便没带写生的行头。结果出乎意料的

由于上周末到大鹏所城的经历太令人失望，这

版画村。

四月十二日

四月 十五日

麻雀。

其实我对这小东西没啥特别的喜好。但是每次看到它们用两条小细腿蹦跶都会被莫名地戳中笑点。没事您不能走两步么。

我不知道深圳是不是唯一一个会将芒果树种在马路边的城市。

每到初夏，一串串的芒果压弯了枝头，手便会不受控地伸过去。

芒果。

四月 十九日

四月 二十日

制本。

自从画水彩以后，为节省画材开销便点开了制本的技能点。制作过程虽不轻松，但成就感十足。这次是为友人制作的，希望拿到的也会喜欢，也会欢喜。

拿着一串的时候总会想起电视电影里喂皇上吃的情节。“皇上，是葡萄好吃还是奴家好吃？”“都不咋地。”

比起葡萄，我更喜欢不用吐皮儿的提子。

萄。

四月二十一日

四月二十二日

交通工具。

今天一抵达上海便开始
视查上海整体公交系统。
从飞机，到磁悬浮列车；
从地铁，到公交车。
我滴个乖乖，交通工具
大合集这是。

江南
朱家角。
四月二十四日
至
四月二十三日

江南古镇，枕水人家。
具体我就不多说了，
谁来谁知道。
早上有天然鸟叫呜呜
为你提供叫醒服务。
在隐秘的小巷子里
能吃到地道的面
条。临走时店里
养的八哥会用地
道的国语说“看
什么看。”
别挑旺季来，
一切会很好。

件幸事。
但也和而不同。已经是
角在观察这个世界，
能有人与你用同样的视
爱好都能找到同好。
通过互联网，再冷门的

同道中人。

四月　二十六日

四月二十七日

外滩。

走在外滩会有种穿越感。并且是时间与空间两条线的穿越。这真是个神奇的地方。来了就会爱上。

四月　二十八日

航班延误。

航班不延误才是件稀奇事。

在等待的时间里掏出本儿和笔，随意，扒拉两笔，于是又拿回了这段时间的主动权。

你的每一分钟，终究是你自己的一分钟。

五月四日
至
五月五日

后悔药。

年少的时候我总标榜自己是个不会后悔的人。

因为结果已成定局，后悔也于事无补。不如吸取经验，朝前看。

那时的我大抵是没真的遇见过值得后悔的事。大多只到了亡羊补牢的程度。

无可弥补，不可挽救的错，在我目前所经历的人生里，大约有两处。并且都能简而言之为“在一起的时候没有好好珍惜，直到失去了我才后悔莫及。”

无关乎个人成就，理想抱负。而是后悔没有珍惜人与人的因缘。在一起的时候对别人好点儿，很难吗？

今天我特别想要一包后悔药……特别特别想要……尤其是对自己亲人好一点，很难吗？

正常的一天是怎样的呢？
平常的我是怎样的呢？
是该在画画吗？
这个时候我是该在做饭吗？
经历了变故以后，不知道正常的生活是什么样了。

正常。

五月 六日

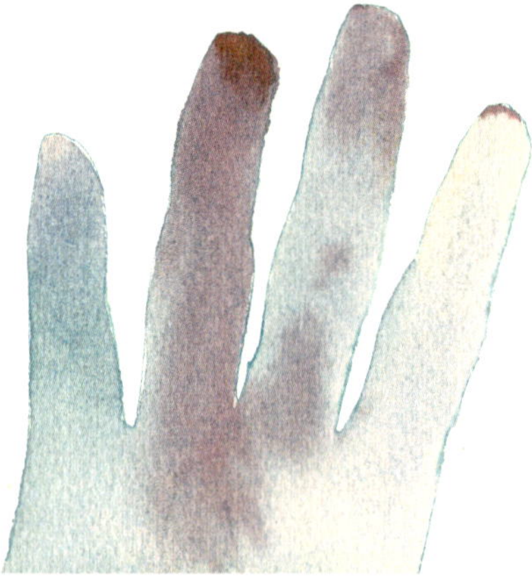

五月十日

天赋。

网上流传了一句话：「大多数人的努力程度远远达不到拼天赋的份上。」

但是天赋到底是什么鬼？就算只是普通的石头，经过耐心细致的打磨也会有属于自己的美感吧。

至于磨着磨着会不会发现里面有玉，于己而言作为锦上添花便好，没有也不该把自己当作一块废料。

五月十二日

喜欢。

年少时，我们喜欢上你努力喜欢别人的模样。

恶性循环。

五月 十五日

百家讲坛。

近来听人说起画画时候听百家讲坛挺好，于是一般不听歌的我试了试。虽然听了个断断续续，但真是好东西。坚持听下去。

ICIF
3
4
5
6
2
1

五月 十六日

文博会。

本想周末到文博会进行
下思想上的碰撞。
发散发散思路，
开阔开阔眼界。
结果一进去就绕昏了，放
眼望去各省市都有自个儿的
小展台，有的台前还载歌载
舞的。不仅是热闹，简直是
太闹。
中途还与家人几度走散，
迷失文博会。

五月十七日

除尘·除霉。

最近潮湿的天儿正为家里的“小霉霉”提供了调皮的空间。

在损失了一个榻榻米地台，次卧的木地板后，人类终于发起了反攻。

丢、扫、烤、喷等一系列饱含人类智慧的操作以后，终于挽回劣势。

雨季。

五月十八日

这雨淅淅沥沥地
下了半月了。
没完没了。
是谁拉了这雨幕
忘收了?!敢不敢
站出来?!!

五月 十九日

卤肉饭。

虽然我自认最拿得出手的菜色就是卤肉饭，在家就常做来吃。但它依然是我外出用餐点中频率最高的。喜欢就是没道理。

就像没有圣诞老人的圣诞节。

谁能想象没有西瓜的夏天。

是西瓜成就了夏天。

西瓜。

五月二十二日

你下你的，我开我的。

雨中花。

五月 二十三日

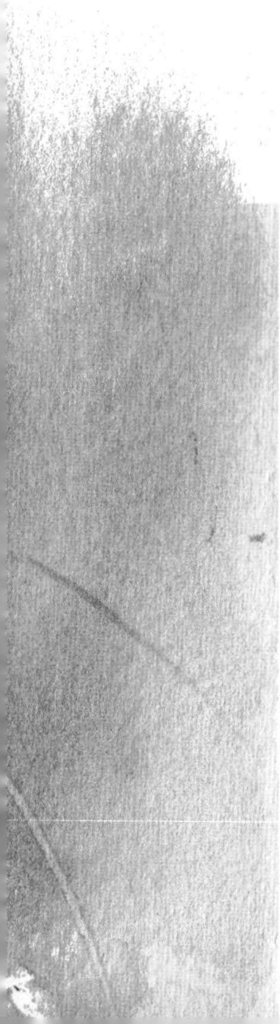

五月 二十四日

至

五月 二十五日

虎妈。

最近《虎妈猫爸》这电视剧老火了。于是我跟风很坦然地看了看。看完就想做这生下来的哪里是孩子，完全是祖宗。

不言不语，
以亭亭之姿立于世，

夏荷。

五月 三十一日

六月四日

坏女人。

我这里住
了位脾气
糟糕的坏
女人。
她会
把房间弄
乱。
总是。

明明都是奔着同一个目标去的却走上了不同的路。

即便同好，也会存在各种观点上的差异。

和而不同。

六月 七日

能立刻做的事，就
别拖到下刻。因为下
刻是那么的不情愿
做这事了。
兴头上该做便做，
不一定要有意义。

胡言。

六月 十日

斑斓到能停滞时间。这确实是我家窗前的一抹晚霞。

晚霞。

六月 十六日

带着你最喜欢的小鱼干。
还不来我就去找你。
先等吧，再过会儿你
还是该去找你呢？
是该在这里等你呢？
等伴。
六月 十七日

断收手。
时候，要果
情绪不对的
经验：

了。
变得糟透
画没画好
因为这张
的心情，
本来挺好

蓝莓。

六月 十九日

六月 二十一日

人字拖。

很久以后我才知道
原来人字拖对脚的
支撑很不好。
但它让夏天的脚丫
貌美如花。

六月 二十七日

图书馆。

以前我竟没发现图书馆的妙处。这里真的是知识的宝库，关键是还免费。

六月 二十八日

瓦力。

最近机器人大白
似乎占领了地球。
我也是经友人提醒
才想起看上去随时
都可能报废的瓦力。
没有拥抱，
牵手都用尽全部力
气的瓦力。

秋

不是不懂，但不能懂。曾经我也那样，但结果别人不是当我傻，就是当我是驴。

因为是正确的所以努力去做。因为是工作，所以努力去做。

看了部叫【未生】的韩国职场剧。

七月一日

未生。

某天我坐在YOARA身旁，看着他默默地流鼻血，窥见了某种上头条的可能性。

偶尔会在本地新闻中见到某IT从业者猝死的报道，或许未见报的更多。

这个城市里，IT民工甚至比普通民工还要多。

过劳死。

七月 二日

七月四日
至
七月五日

【工作。】

很多人都会在工作一段时间之后感到无聊。这种无聊与工作量无关。

这两天我突然发现了这无聊的源由——

【简单】

只是因为太简单了。

颜料。

有时会感慨现在的颜料真好，哪怕不画出任何形象，单单那抹色彩就足够令人惊艳。

七月 七日

七月八日
至
七月九日

台风尾。

沿海城市在夏天经历几个台风是再正常不过的了。当然正面登陆不多见。就是会被台风尾扫一下，出门被风吹乱了步子，撑着的伞东倒西歪罢了。

是陪伴，亦是守候。
开着这盏灯。
独眠时，我会通宵在家
独眠时。
七月 十二日

造成大不同的局面。
每个小小的转变，都会
生活也是这样一个万花筒，
转一点点，变一大片。
做了个小小的万花筒。

万花筒。

七月 十四日

差点就让某些人开心了。

遇到好几波大雨，幸好我在美人香车上。

这真的是风雨兼程的一天。

赶路。

七月 十五日

七月十六日

跟团。

虽然我报名的是一个封闭式集训班，但就今天来讲跟跟团一样一样的。

各种景点各种跑，各种拍照跟合照。

心好累。

看画天，看画船
看画海，看画山。
尾巴。
当了一天宋清老师的小
跟人。
七月十七日

七月十八日
至
七月十九日

变化。

这几天跟着老师画画，明显感到自己有了变化。

几天短期的学习并不能让画技突飞猛进，但是能感受到老师对画画这件事的态度。

画画是件严肃的事，无论画面效果多么炫丽浮夸，每一笔下去都是沉着冷静的，是思考以后的产物，是为画面整体服务的。

希望自己的态度也能朝这个方向变化。

沉浸在自己的画面中。

七月 二十日

游艇会。

今天到游艇会写生了，其实还是在观摩啦。因为天气不好，一路惊惊险险地看完。心里挺感动的，为艺术家的某种奉献精神。

然遵守相同的规则。
离于团体之外，虽
有时会觉得自己游

格格BLUE。

七月 二十二日

七月二十三日
至
七月二十四日

加班城。

为了在这个城市拥有一盏属于自己的灯光，无数人选择了在夜里亮起办公室的光。这是加班城，风雨夜归人。

以及自己。
白纸、
空水壶、
拥挤的车厢、
粘答答的汗、
装修的声音、
我浮躁：
有时一切都令
浮躁。
七月二十五日

烧烤。

七月二十六日

在街边喝冰啤，
吃烧烤。
盘点下公司里
遇到的各路神
仙。
炫耀下最近的
各种收获。
关心关心国家大
事及各国局势。
这都不重要。
重要的是你在
眼前，朋友。

罢，一口一夏。
买到的也好，自制的也
夏天自然少不了冰棒。

冰棒。

七月 二十七日

再出发。
再进一步，出发之后
有时候要逼迫自己
再出发。

七月 二十九日
至
七月 二十八日

它还可能是无奈妥协。
可能不是积极进取，
原来有的时候破旧立新
它黑着一张脸，让我知
道无可挽回怎么写。
终于这个跟了我多年
的IPAD2坏了。

破旧立新。

七月 三十日

今天看了云龙老师
示范的火龙果。
骚气十足的配色，
但画的时候非常冷静。

火龙果。

七月 三十一日

武汉的天气是极热的。难怪面都叫热干面，应该真是被热干的。这大概它的热情表述式。

热情。

八月一日

早餐。

只是习惯改不了。
有的事不是不好，
组合。
油条豆浆的经典
心里总是怀念
搭豆浆。
餐都是馒头
最近几天早
八月 四日

或是为了浇熄？
是为了灌溉？
但我不知这里总是下雨：

欲望，它们时消时长。
原则，山间植被代表我的
黑瓦白墙代表我的处事世
在我心里有这样一个雨村。

雨村。
八月 五日

很多时间节点，我们
总认为是一个过程的
终点。
比方说苍老。
但有时候这过程短到
可以忽略不计。
比方说今天推开门发现
夏过，已是秋。

菊秋。

八月 七日

态。
摇摆前进才是常
达目的唯一态度。
坚定不移不是到
摇摆。

八月 八日

如果洋葱是为了不让人哭泣才层层包裹自己，那它应该是最温柔的蔬菜了。

洋葱。

八月九日
至
八月十日

你的眼是我沉在心底的琥珀。

眼。

八月 十一日

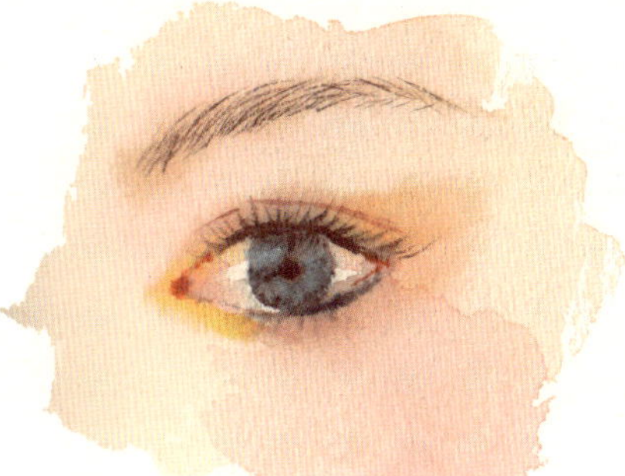

吗？

一会失眠的生物

人类是地球上唯

失眠。

八月十二日

眼镜。

进入镜中的是光。透过眼镜观察到的世界是光，并不是本体。

八月 十三日

马卡龙。
有时生活甜如蜜，就像
八月 十五日

是自游，亦是自由。

自游。

八月 十六日

帽子。

精灵，戴着五彩的

它们一定是山间的

蘑菇。

八月十八日

花像。

为了自己绽放。
不是为了蝴蝶，而是
大约是因为像自己。
女人总是爱花的，

八月 二十日

八月 二十一日

外婆的凉茶。

记忆里小时候外婆会在家门口摆上一个小小的凉茶摊。就一把旧锡壶，几个洗得贼亮的玻璃杯，几块玻璃方片作盖，便开张大吉了。许是因为重庆的夏天确实火炉得厉害，生意居然不错呢。

八月 二十二日

滴水之力。

很多人同我一般，总觉得有很多想做的事没时间做。其实，只要把做成这个念头换成去做就好了。

哪怕只是收集一些资料，或者完成某个步骤环节就好。

静待滴水穿石。

偶尔一个人的时候会
为自己泡杯茶。
先苦后甘的味道慢慢
在口中漫延。

下午茶。

八月 二十四日

物种繁衍。
免于孤独，同时促进
恋愛关系。
八月 二十五日

蓝到没心没肺。简直其是在雨后，尤羡慕的蔚蓝天空，这个城市有着令人

青空。

八月 二十六日

付出温柔是件勇敢至极的事。

温柔。

八月 二十七日

两片柠檬，一匙蜂蜜，半杯白开。是夏天最后的味道。

柠檬。

八月 二十八日

八月 三十日

繁星。

飞机夜降深圳机场的时候，我向窗外望了望，这个城市灯火通明，如同天池所有的星星倾倒在了地上，所以我们再也望不见满天繁星。

九月 二日

背带裤。

有一种青春就叫背带牛仔裤。

每个时刻，我们都在
做出保持或者改变当
下这种状态的选择。

选择。

九月 三日

冬

旁骛地去做。一事一道场，时时可修行。
画画时画画，洗衣时洗衣。每件小事都心无
生活就是个道场。吃饭时吃饭，睡觉时睡觉。

道场。

十月 七日

天气好的时候把自己轻轻地放在草坪上，任风梳理自己纷乱的思绪。

绿野仙踪。

十月八日

时候未到。
善恶终有报。不是不报，
琅琊榜。
十月 十日

电梯真是个有着微妙尴尬场的神奇空间。

电梯。

十月十二日

写生大约是我觉得人生中最令人愉悦的事之一。尤其是在有聊得来的画友，以及一小块树荫的情况下。

写生去。

十月 十四日

十一月七日

红梅。

或许因为出生在冬季，便得了个叫「梅」的乳名。现在已经很少被人这么唤起。虽然长辈怀着希望这孩子能在坚艰苦环境下怒放的愿望，我也只能在被窝里说声报歉。

萌娃。

十二月 九日

早上看见个三四岁的小女孩，撑着把瓢虫小伞，但不是握着伞柄，而是收伞的位置，于是整个伞都罩在她头上，跟着的爸爸一路担惊受怕：根本看不到路的！傻孩子!!

骄傲的炫耀。

炫耀在我理解是基于一种本能。展示优势，展示占有的资源，展示拥有的权力，甚至于展示伤痛，无非是排挤同性，吸引异性的方法手段而已。都是源自那条祖传DNA的召唤，它想要生存繁衍去罢了。

炫耀。

十二月 十六日

事实上，你几乎可以拿时间换回一切：特长，财富，权力，地位……但这一切都换不回时间。唯一靠谱的就是健身了，多活几年总是好的。

碎碎念。

十二月 十七日

图书在版编目（CIP）数据

一本满足 / 云和著. -- 南京 : 江苏凤凰文艺出版社，2016
ISBN 978-7-5399-7305-0

Ⅰ. ①一… Ⅱ. ①云… Ⅲ. ①散文集－中国－当代 Ⅳ. ①I267

中国版本图书馆CIP数据核字(2015)第294449号

书　　名　一本满足
作　　者　云　和
出版统筹　黄小初　周亚林
出 品 人　崔　佳
责任编辑　姚　丽
特约策划　李　格
责任监制　刘　巍　江伟明
装帧设计　尚燕平
出版发行　凤凰出版传媒股份有限公司
　　　　　江苏凤凰文艺出版社
出版社地址　南京市中央路165号，邮编：210009
出版社网址　http://www.jswenyi.com
经　　销　凤凰出版传媒股份有限公司
印　　刷　北京建泰印刷有限公司
开　　本　880×1230毫米 1/32
字　　数　80千字
印　　张　7
版　　次　2016年8月第1版　2016年8月第1次印刷
标准书号　ISBN 978-7-5399-7305-0
定　　价　48.00元

（江苏凤凰文艺版图书凡印制、装订错误可随时向承印厂调换）